リンちゃんとネネコさん

森山 京 作
野見山響子 絵

講談社

もくじ

1　追《お》いつ追《お》われつ並木道《なみきみち》

リンちゃんが、走ります。

並木道《なみきみち》をすいすいと、かけぬけていきます。

リンちゃんは、小学四年生の女の子。友だちと会うために、この先の公園まで、いそいで向《む》かうところです。

夏のはじめ、日曜日の午後。晴れわたった空の下を、さわやかな風がふきわたります。

(みんなを待《ま》たせちゃ、いけないわ。いそがなくっちゃ。)

リンちゃんは、いっそう足をはやめます。

すると、前を走るだれかのせなかが見えてきました。おとなのようですが、足の運《はこ》びはのろのろしています。

リンちゃんとの間は、みるみるせばまっていきました。

(あと、少し。)

そう思ったとき、あいては、ふいに足を止め、リンちゃんのほうをふりむきました。

リンちゃんの知らない、どこかのおばあさんでした。ぎょろりとにらむような目で、リンちゃんを見ましたが、すぐにまた、前を向《む》いて走りだしました。よろけるような足どりで、見るからに、あぶなっかしい走りです。

（ころばなきゃ、いいけど。）

リンちゃんは、はらはらしながらも、あとについて走り、たちまちのうちに、追《お》いついてしまいました。

「お先に、ごめんなさい。」

うしろから声をかけ、おばあさんの横《よこ》をすりぬけました。

そのとたん、

「負《ま》けてたまるか！」

しわがれ声が、リンちゃんの耳もとをかすめました。

「えっ？」

リンちゃんは、はっとしたものの、ふりかえらずに、そのまま行きすぎました。ちょっぴりこわいような気がしましたし、それに、いそいでもいましたのでね。

じつは、クラスの友だち十人ほどが、公園に集《あつ》まり、だいじな相談《そうだん》をすることになっていたのです。

ところが、それからまもなく、

「ひゃあー。」

という、さけび声が、うしろのほうからきこえてきました。

こんどは、リンちゃんもすぐさまふりかえりました。

なんと、さっきのおばあさんが、

道ばたの草の上に、あおむけにたおれていたのです。

リンちゃんは、すばやくとってかえすと、

「だいじょうぶですか。おばあさま。」

と、おばあさんのかたわらにすわり、声をかけました。

「だいじょうぶよ。だいじょうぶだってば。」

おばあさんは、リンちゃんを見あげ、かすれ声で答えました。

そして、リンちゃんの手をかりて、立ちあがると、首をひねったり、かたをゆすったり、うでをぐるぐる回してみせたあと、

「ほらね、どっこも、なんともない。」

といって、にこっとしました。

丸顔に、どんぐりまなこ。さっきは、にらまれているよう

で、こわかった顔でしたが、いまは、ちょっとおどけて見える
のです。

「でも、けががなくて、よかったですね。ころんで、こしでも、打《う》ったら。」

リンちゃんが、そういいかけると、

「あれは、ころんだんじゃないの。足をちょいとすべらせただけよ。」

おばあさんは、すましていいました。

(なんて、負《ま》けおしみの強いこと!)

リンちゃんは、心のうちで、さけびました。

「いつも、ここを走っているんですか。」

「いいえ、いつもは、さんぽで歩くだけなの。きょうのように本気で走ったのは、子どものとき以来《いらい》よ。」

「えっ、なんですって?」

リンちゃんは、思わずききかえしました。

「ついさっき、この道を歩いていたら、むこうから学生さんたちの一団《いちだん》が走ってきたの。十五、六人いたかしら。かけ声かけて、足並《あしな》みそろえて、ああ、かっこいいなあって見とれているうちに、こっちも急《きゅう》に走りだしたくなってきたのよ。」

「まあ！」

「わたし、走るのが大すきな子どもだったの。ちょうど、いまのあなたくらいの年ごろよ。リレーの選手《せんしゅ》になりたくて、毎日、毎日、猛練習《もうれんしゅう》をしたわ。友だちに、負《ま》けまい、ぬかれまいってね。」

「ああ、それで、負《ま》けてたまるか、なのね。」

「そうよ、負《ま》けてたまるかは、わたしの口ぐせだったの。でも、クラスには、もっと足のはやい子がいてね。とうとう選手《せんしゅ》には、なれずじまい。」

おばあさんは、そこで空をふりあおぎ、しんこきゅうをしてみせました。

「走るって、ほんとに気《き》持《も》ちのいいものね。こんど走るときは、すべったりしないように、くつもはきかえて。」

にこにこしながら、いったのです。

「ちょっと、待《ま》って。」

リンちゃんは、あわてていいました。

「こんど走るですって？　とんでもない！　それは、だめ、だめですよ。」

リンちゃんのしゃべりかたが、急《きゅう》に、早口に変《か》わりました。

「あら、どうして。なぜ、だめなの。」

おばあさんは、きょとんとした顔をして、ききかえしました。

「おばあさまは、ちゃんと走っているつもりでも、わたしは、うしろから見ていて、はらはらしどおしでした。あのむちゃな走りでは、ころばないのが、ふしぎなくらいです。」

「まあ、むちゃな走りですって。それはひどいわ。」

おばあさんは、ぷんとふくれてみせましたが、リンちゃんは、ひるみませんでした。あいてに、なんとかわかってほしいという気持《きも》ちが、だんだん強まってきたのです。

「いくら、負《ま》けてたまるかって、がんばっても、こしやひざをいためては、どうにもならないでしょ。どうか、だいじになさってください。おばあさま。」

そこまでしゃべって、リンちゃんは、とつぜん、はっとしました。おばあさんの目に、きらりと光るものが見えたからです。

「ごめんなさい、ごめんなさい。わたし、いいすぎでした。」

あわててあやまりながら、リンちゃんもまた、なみだがあふれそうになりました。

「わたし、はじめて会ったおばあさまに、よけいなことばかりいっちゃって。ほんとうにごめんなさい。」

リンちゃんは、おそるおそるあやまったのでした。

「いえ、いえ、よけいなことなんかじゃ、ありませんとも。おじょうちゃん。あなたは、ほんとのことを話してくださった。それも、見ず知らずのわたしにね。」

おばあさんは、リンちゃんの顔を見て、にっこりわらいました。そして、リンちゃんの手をにぎっていいました。

「もう、走ったりしませんって、やくそくします。」

「では、おばあさま、おうちまでお送《おく》りします。このお近くですか。」

「ご心配《しんぱい》なく。ひとりでも、ゆるゆる歩いて帰ります。それよりもおじょうちゃん、あなたこそ、おいそぎじゃなかったの？」

「あっ！」

リンちゃんは、とたんに、声をあげました。

おばあさんとのできごとで、やくそくの場所《ばしょ》へ行くことをわすれてしまっていたのです。

「たいへん、たいへん。それじゃ、おばあさま……。」

リンちゃんは、走りかけましたが、すぐにおばあさんのそばへもどり、

「さようなら、おばあさま。」

と、ぺこりと頭を下げていいました。

「こちらこそ、ありがとね。おじょうちゃん。」

おばあさんも、片手《かたて》をあげて、こたえました。

リンちゃんは、

「それでは、お先に。」

といい、こんどは、あとも見ずに走りだしました。

2　名案《めいあん》なし、アイデアもゼロ

やくそくの公園の中へ、やっとかけこんだリンちゃんは、

「ごめんなさい。おくれてごめんなさい。」

息《いき》を切らしながら、みんなにあやまりました。そして、先ほどのおばあさんとのできごとを、かいつまんで、話しました。

「それは、ごくろうさま。とんだ目にあったね。」

「でも、リンちゃん、いいことをしたんじゃない？」

「そうよ。話をきくと、がんこだけど、おもしろそうだね。」

「負《ま》けてたまるかなんて、かっこいいよね。」

みんなが口ぐちにいいました。

きょう、みんながここへ集《あつ》まったのは、ちかぢか行われる学校のえんげきコンクールについて話しあうためでした。

クラスでは、すでにA《エー》チームが人形げきを、B《ビー》チームが音楽げきをやることになっていて、リンちゃんたちのC《シー》チームだけが、まだなにも決《き》まっていませんでした。

じつは、ミュージカルじたてで、『赤ずきんちゃん』をやることに決《き》まりかけていたのですが、先生から、

「それより、オリジナルでストーリーを作ってみては？」

といわれたのです。

「C《シー》チームには、バレエを習《なら》っている子や、ヴァイオリンをひく子もいるから、おもしろいものができるかもよ。」

先生はそうもいいました。

「どんなお話にしよう。」

「主人公《しゅじんこう》は、だれがいいかな。」

みんなそろっての話しあいがはじまり、さまざまな考えがとびかいました。

リンちゃんが思いついたのは、まじょでした。すると、まわりの子どもたちは、口ぐちにいいました。

「まじょ？　まじょって、ホウキに乗《の》って、空をとぶんだろ。舞台《ぶたい》の上では、むりだよ。」

「そのとおり。空をとばないまじょなんて、おもしろくもなんともないよ。」

「黒いぼうしに、黒いマント。いしょうは、なかなかすてきだけどね。」

ということで、さんせいはゼロ。この日はアイデアひとつ出ないうちに、夕方になり、つづきは、あした学校で話しあうことにして、解散《かいさん》したのでした。

3　走らない、やくそく

ところで、こちらは、おばあさんのほうです。おばあさんの名前は、ネネコさんといいました。

「なんて、いい子なんだろう。」

リンちゃんが、あわただしく走りさったあたりを、ネネコさんは立ちつくしたまま、しばらくながめていました。

花もようのワンピースをひらひらゆらしながら、草のしげみのむこうへ、すがたをけした女の子。ネネコさんは、いつのまにか、子どものころの自分とかさねあわせていました。

「明るくて、はきはきしてて、むかしのわたしを見るようね。」

ネネコさんは、そうつぶやいて、にっこりしました。

（はじめて会ったわたしに向《む》かって、あの子は、わたしの走りをむちゃだといった。ころばないのがふしぎだともいった。ずいぶんきついことばだったけど、わたしは、おこったりはしなかった。だって、あの子は、本気でわたしをいさめてくれたんだから。ああ、あんないい子に出会えたなんて……。）

ネネコさんは、うれしさのあまり、「わっ。」とさけんで、走りだしたくなったのですが、

「だめ、だめ。もう走らないって、やくそくしたんだから。」

と、自分の家に向《む》かって、ゆるゆる歩きはじめました。ちょっと前かがみになりながら、十分あまりかけて、ようやく門の前まで、帰りつきました。

まずポストの中をのぞき、なにもないことをたしかめてから、げんかんに向《む》かいましたが、そこで、「あら！」と、小さな声をあげました。

とびらの前の石段《いしだん》に、子どもがふたりこしかけて、絵本を広げていたのです。どちらも、知らない男の子。小学校の一、二年生ぐらいでしょうか。

ひとりが声に出して文を読んでいるのですが、そのたどたどしいことといったら、読みおわるまでには、まだまだ時間がかかりそうです。

ネネコさんは、ふたりのまん前に、見おろすようにして立ちましたが、どちらもまったく気がつきません。それどころか、絵をながめては「う、ふ、ふ。」とわらいだすしまつ。

待《ま》ちくたびれたネネコさんは、とうとう声に出して、いいました。

「ちょいと、ここを通してくださいな。」

おどろいたのは、子どもたち。頭の上から、とつぜんふりかかってきた声に、はじかれたように立ちあがると、あとも見ずにかけだしました。

ひとりは、やや太め。もうひとりは、やせっぽちのチビちゃん。

(まあ、あのあわてよう……。)

わらいながら、家へもどろうとしたネネコさんは、足もとに白いハンカチが落《お》ちているのを見つけました。手にとって、広げると、かたすみに、「一ねん一くみ　サンペイ」と黒い字で書いてありました。

ネネコさんは、通りへ出ると、子どもたちのうしろすがたに向《む》かって、

「わすれものだよおー！」

かすれ声で、よびかけました。ところが、どちらもふりむきません。

「しょうがないねえ。よし！」

ネネコさんは、走りだそうとしましたが、

「そうそう、走っちゃいけないんだ。」

先ほどのやくそくを思い出し、あわててふみとどまりました。

「おーい、サンペイくん！」

体をよじり、ふりしぼるような声をはりあげました。

こんどは、とどいたようでした。小さいほうの子が、ころげるようないきおいで、かけもどってきました。

もうひとりの子も、あとから、ついてきました。

「サンペイくん？」

近づいてきた男の子に、ネネコさんがきくと、「うん。」と、こっくりをしてから、「はい。」といいなおしました。くりくりした、丸い目が、ネネコさんを見あげていました。

サンペイくんは、ハンカチをうけとると、

「ありがとう。」

といって、ぴょこんと頭を下げました。

そのうしろで、大きいほうの子が、

「ありがと、ござます。」

つったったまましいました。

「きみの名は？」

ネネコさんがきくと、

「ロクスケ。」

低《ひく》い声で答え、にやっとわらいました。

「気をつけて、帰るんだよ。」

ネネコさんのことばに、子どもたちは、

「さよなら。」

「バイバイ。」

口ぐちにいいながら、ぱたぱた走っていきました。

ネネコさんは、家の中へはいると、部屋《へや》のソファーにこしを下ろし、

「ただいま。」

と、だれにともなく、小声でいいました。

ネネコさんは、学校を出てまもなく、ゲンゾウという若者《わかもの》のおよめさんになりました。ふたりのあいだには、男の子がひとり生まれました。ウミタロウと名づけられたその子は、船乗《ふなの》りになって、いまもどこかの海の上で仕事《しごと》をしています。

夫《おっと》のゲンゾウさんは、うでのいい大工でしたが、十年ほどまえになくなりました。ネネコさんは、ゲンゾウさんがたてたこの家にすみ、ひとりでくらしています。

ネネコさんは、「ほう。」とひと息《いき》つくと、テーブルの上の地《ち》球儀《きゅうぎ》を自分の前に引きよせて、ぐるっと、ひと回ししました。

この家の中のテーブルも、いすも、ベッドも、たんすも、はしらの時計も、すべて長年使《つか》いこんだものですが、目の前の地《ち》球儀《きゅうぎ》だけは、色あざやかな新品《しんぴん》です。

じつは、まえからあった小さな地球儀《ちきゅうぎ》は、字が細かくて、ネネコさんには読みづらくなってきたのです。そこで、町の文具《ぶんぐ》店《てん》へ行き、いままでのものの三倍《ばい》はありそうな、大きな地球儀《ちきゅうぎ》を買ってきました。

むすこのウミタロウくんは、ときおり電話や手紙で、「いま、どこそこの港《みなと》に停泊中《ていはくちゅう》。」とか、「これから、どこそこの海峡《かいきょう》をわたり、どこそこの島《しま》へ向《む》かう。」などと、つたえてよこします。

そのたびにネネコさんは、地球儀《ちきゅうぎ》をぐるぐる回し、どこそこのありかをさがしだし、

「おまえ、いまは、どこらへんを航海《こうかい》してるのかい？　海峡《かいきょう》は、ぶじにわたりおえたかね。そのあたりは、荒海《あらうみ》らしいが、まさか、かいぞくは出てこないだろうね。よくよく見はりをするんだよ。」

などと、ひとしきり、話しかけるのでした。

地球儀《ちきゅうぎ》をもとへもどすと、つぎは、電話。なれた手つきでボタンをおしましたが、

「まだ、るすだね。もう一週間になるというのに、どこへ行ったんだろう。」

ぶつぶついいながら、受話器《じゅわき》をおき、ひょいとうしろ向《む》きになったとたん、

「あ、いたた、いたい！」

ネネコさんは、顔をしかめました。こしのあたりに、とつぜん、はげしいいたみが起《お》きたのです。

「やっぱり、こしを打《う》ったとみえる。あのおじょうちゃんのいうとおりだ。」

ネネコさんは、引き出しから、はり薬《ぐすり》をとりだすと、自分の

こしのまわりにぺたぺたとはりました。そして、ベッドにはいあがりました。

4　おばあさまは、まじょの顔

ネネコさんの話が、長くなりました。ここいらで、話をリンちゃんにもどしましょう。

ネネコさんがこしのいたみでベッドで休んでいたころ、リンちゃんは、おしばいをどうするかで、しきりになやんでいました。

夜、ベッドにはいってからも、いい考えが思いうかばず、なかなかねつけずにいたのでした。

もともと、まじょを持《も》ちだしたのは、リンちゃんでしたが、そのときは、ほんの思いつきでした。まわりから舞台《ぶたい》ではむりと反対《はんたい》され、リンちゃんもそのとおりだと思いました。とはいうものの、黒いぼうしに黒いマントすがたというのは、なかなかかっこよく、リンちゃんの心の中では、まだちょっぴり引っかかっていました。

リンちゃんは、ねむれないまま、絵本やテレビで見たまじょをいろいろ思いうかべてみました。いじわるなまじょ、いたずら好《ず》きのまじょ、くいしんぼうのまじょ。こしのまがったまじょ。

と、そこまで考えてきて、リンちゃんは、「あっ。」と声をあげました。昼間出会った、あのおばあさんのことを思い出したのでした。

（丸い顔に、ぎょろりとした目。ちょっと見はこわそうだけど、わらった顔は、好《す》きになれそう。「負《ま》けてたまるか！」と、さけぶときのしわがれ声。がむしゃらな走りかた。あれっきりわすれてたけど、あのあとぶじにおうちへもどれたかしら。）

うとうとしながら、思いかえしているうちに、いつのまに

か、ねむりに落《お》ちて――。
ゆめの中で、リンちゃんは、まじょといっしょにホウキに乗《の》り、高いところをとんでいました。
リンちゃんのすぐ前には、黒マントすがたのまじょのせなかが見えます。
ふたりを乗《の》せたホウキは、右へ左へゆれながら、うすくらがりの中を、つきすすんでいくようです。

「どこへ行くの？」

リンちゃんが、そうきいたとき、まじょがくるりとふりむきました。なんと、その顔は、昼間出会ったおばあさんだったのです。

「まあ、おばあさま！」

そのとたん、大風がふきつけてきて、リンちゃんは、ホウキからふりおとされ、下へ下へとまっさかさま——。

そこで、やっと目がさめたのでした。

「おかしなゆめ。あのおばあさまが、まじょになって出てくるなんて。」

リンちゃんは、ベッドの中で、くすくすわらいましたが、

（そうだ。あのおばあさまこそ、まじょにぴったりかもしれない。ちょっと見はこわそうで、負《ま》けん気《き》が強そうで、でも、どこかおかしくて、あいきょうもあって。それが、ホウキをなくしたり、空から落《お》っこちたりしたら……。うん、これは、いけそう。おもしろくなりそう。）

リンちゃんの頭の中では、いつのまにか、おばあさんイコールまじょになってしまっていました。

リンちゃんは、大あくびをひとつすると、こんどは朝まで、ぐっすりねむったのでした。

つぎの日、リンちゃんは、教室に入るとすぐ、チームのなかまを集《あつ》めて、おばあさんをモデルにした、まじょの話を持《も》ちだしました。

「それは、おもしろい。まじょなのに、ホウキを落《お》っことすなんて。」

「ちょっとドジで、おっちょこちょいってところがいいね。」

「問題《もんだい》は、高いところのシーンよ。」

「いっそ、そこのシーンだけ、ナレーションにしたら？　それがおわったところで、舞台《ぶたい》の幕《まく》があくの。」

「なるほど。舞台《ぶたい》の上では、空から落《お》っこちてきたまじょが、ホウキをさがして、うろうろしてるってわけね。」

ということで、みんなの考えがつぎつぎとびだし、ストー

リーもどんどんふくらんで
いきました。

はじまりのナレーションは、
空をとんでいたまじょがうっかりいねむりをして、ホウキをつかんでいた手をはなしてしまい、地面《じめん》に落《お》ちる、ということに。

まじょは、落《お》としたホウキをさがして、かけずりまわり、見かねたまじょの知り合いたちも、手分けしてさがしに走り、まじょは、「負《ま》けてたまるか！」と、さけび声をあげながら、よたよた走りまわるが、それでも、ホウキは見つからない。
みんながあきらめかけたころ、とつぜん空の上から、まじょの声がきこえてくる。

「みなさん、ホウキはぶじに帰ってきました。ただいまホウキは、わたしのにわのハンモックで、ひるねをしております。みなさん、心配《しんぱい》をかけて、すみません。ありがとう。」

「よかった、よかった。」

知り合いたちは、空を見あげていう。

「もう空をとびながら、いねむりなんか、してはだめだよ。」

とまあ、あらすじは、こんなふうにまとまりました。

シナリオを書くのは、リンちゃんともうひとりが。ナレーターやまじょ、なかまの役《やく》もそれぞれ決《き》まりました。

また、まじょのテーマソングとして『負《ま》けてたまるか』という歌を入れることになり、ヴァイオリンをひける子が、作曲《さっきょく》を引きうけてくれることになりました。

「どうやら、うまくいきそう。」

リンちゃんは、ようやくほっとしました。そして、すぐにもあのおばあさんに会い、このおしばいのはじめからおわりまでを、きちんと説明《せつめい》しなければと思いました。もちろんまじょ役《やく》がおばあさんをモデルにしていることも。

はたして、おばあさんは、「うん。」といってくれるでしょうか。リンちゃんは、おばあさんのぎょろりと光る丸い目を思い出しました。午後、学校がおわったら、自転車《じてんしゃ》で並木道《なみきみち》のあたりへ、おばあさんをさがしに出かけることにしました。

5　計算テストとボタンつけ

こちらは、ネネコさん。

月曜日一日をよく休んだおかげで、火曜日の朝になると、こしのいたみは、すっかりきえていました。ネネコさんは、ベッドからはねおきると、

「なおった、なおった、もうだいじょうぶ。」

両手《りょうて》をあげて、バンザイのかっこうをくりかえしました。そして、電話の前へ行き、ボタンをおしましたが、

「……いない。やっぱり、るすだ！」

それまでのにこにこ顔が、たちまちふくれっつらに変《か》わりま

した。

「病気《びょうき》なのか、旅行《りょこう》にでも行ったのか。このわたしになんにもいってこないのは、いくらなんでもひどすぎる。」

そういって、あらあらしく受話器《じゅわき》をおきました。

朝ごはんをすませると、ネネコさんは、いつものように、せんたくをはじめ、つぎに家の中のそうじ、あいまに電話をかけたものの、またもや、るす。ソファーにかけてミルクティーを一ぱい。ついで、新聞を読みおえると、またしても、電話をかけましたが、だれも出てきません。

「なんてこと！　これじゃまるで、ぜっこうじょうたいじゃないの。」

ぷりぷりしながら、ガチャン！

それでも、お昼ごはんをすませるころには、きげんもなおったようで、ネネコさんは、さんぽがてら、いつもの並木道《なみきみち》へ行ってみることにしました。

（もしかすると、あのおじょうちゃんに会えるかもしれない。こんどはぜひ、名前をきかせてもらわなくちゃ。）

そんなことを考えながら、通りへ出ていくと、少し先のほうを行く男の子のうしろすがたが目にとまりました。きょうは黒いランドセルをせおっていますが、どうやら、おとといここで出会ったサンペイくんにちがいなさそうです。

「サンペイくん？」

ネネコさんが、そっと声をかけると、男の子は、足を止め、こちらをふりむきました。やはり、サンペイくんでした。

なんと、いまにもなきだしそうな、かなしげな顔をしています。見ると、うわぎのボタンがひとつ、ちぎれそうにぶらさがっています。

（さては、けんかをしたな。）

ネネコさんは、そう思いましたが、

「おかえり。きょうは、ひとりなの？」

と、さりげなく、ききました。

サンペイくんは、こっくりをひとつすると、うわぎのポケットから、しわくちゃにまるめた白い紙をとりだして、ネネコさんにさしだしました。広げてみると、たし算のテストで、赤ペンで5と書いてありました。十この問題《もんだい》のうち、五問《もん》だけできたということです。

「ロクスケくんは、何点だったの。」

「7点。ロクスケは、ぼくのを見て、なんだ5点かよって、わらったの。」

「ふん、ふん。」

「それで、ぼくがロクスケをぶったら、ロクスケもぼくをぶって、このボタンを引っぱったんだ。」

「おやおや。」

「ぼくがもういっぺんぶったら、ロクスケのやつ、ぜっこうだっていって、先に帰っちゃった。」

サンペイくんは、右手のこぶしで、目じりをぬぐいました。

ネネコさんは、テストの紙に目を落《お》とすと、

「3＋3は？」

いきなりたずねました。

「6。」

サンペイくんは、すかさず答えました。

「2＋7は？」

「9。」

「4＋1は？」

「5。」

「3＋5は？」

「8。」

「5＋2は？」

「7。」

「よし、よし、ぜんぶできたじゃないの。」

ネネコさんは、サンペイくんの目の前にテストの紙を広げてみせました。

「五つともちゃんとできたのに、テストでは五つともペケ。どうしてだか、わかる？」

ネネコさんにきかれ、サンペイくんは、首をかしげました。

「よく、ごらん。上のほうの五つは、答えは合ってるし、字もきちんと書いてある。」

「うん。」

「下の五つは、そろってペケだ。字も下へ行くほど、らんぼうになっている。どうしてだね。」

「だって、早く書かないと、みんなにおくれちゃうもん。」

「それ、それだよ。早くできた子が、先生できましたって、いったんだろう。それをきいてサンペイくんは、おくれちゃたいへんとあわてたね。あわてると、答えはまちがえる。字もらんぼうになる。」

「うん、そう。」

サンペイくんは、こっくりをしました。

「おくれたって、いいんだよ。いそいで、答えをぜんぶ書いても、半分まちがってたら5点。十のうち、八つしか書けなくても、答えがぜんぶ合ってたら、8点だよ。わかるかい。」

「うん、うん。8点のほうがいいもんね。」

サンペイくんは、ネネコさんの顔を見あげると、テストの紙をランドセルの中にしまいこみました。

「サンペイくんのお母さんは、おうちにいるの？」

「うん、いるよ。」

サンペイくんは、うなずくと、

「ぼくのお母さん、もうすぐ赤ちゃんをうむんだよ。」

にっこりしていいました。きょう、はじめて見る、サンペイくんのえがおでした。

「それはうれしいね。サンペイくんは、お兄ちゃんになるんだね。」

「うん、そう。」

サンペイくんは、たてつづけにこっくりをしました。

「ちょいと、お待《ま》ち。」

ネネコさんは、サンペイくんを引きとめると、うちの中へ入っていき、針箱《はりばこ》をかかえて出てきました。

「そこへ、おかけ。いま、そのボタンをつけなおしてあげるから。」

サンペイくんをげんかん前の石段《いしだん》にすわらせ、自分もならんで、こしを下ろしました。おととい、サンペイくんとロクスケくんがすわり、絵本に読みふけっていた石段《いしだん》です。

「さあ、うわぎをおぬぎ。」

ネネコさんは、針箱《はりばこ》から、糸と針《はり》をとりだすと、指先《ゆびさき》を器用《きよう》に動《うご》かしながら、ボタンをしっかりぬいつけていきました。

サンペイくんは、ネネコさんのすばやい仕事《しごと》ぶりに、まばたきもしないで見入っていました。

「さあ、これで、よし、と。」

ネネコさんは、ボタンをつけおわったうわぎを、サンペイくんにきせかけてやりました。

サンペイくんは、「ふーっ。」と息《いき》をつくと、

「すごいね。まほうつかいみたい。」

ボタンをさわりながら、いいました。

「いそいでお帰り。お母さんが待《ま》ってるよ。」

「うん、ありがとね。」

サンペイくんは、ぺこりと頭を下げると、かけ足で帰っていきました。

「やれやれ、きょうのさんぽは、やめにしましょ。」

ネネコさんは、うちの中へはいり、居間《いま》のソファーにもたれて、

「ぜっこうねぇ。わたしとチャコも、よくぜっこうをくりかえしたもんだわ。」

てんじょうをあおぎみながら、ひとりごとをいいました。

チャコというのは、このあいだから、ネネコさんがなんべんとなく、電話をしているあいてです。小学校のときからの友だちで、いまも近くにすみ、つきあいをつづけています。

ネネコさんは、学校をそつぎょうしてまもなく、けっこんしましたが、チャコさんは、絵の勉強《べんきょう》をするために、遠くの学校へ進《すす》みました。

それからも絵をかきつづけ、てんらん会を開《ひら》いたり、人に教えたり、よその国へ出かけたりと、絵かきとして、かつやくしてきました。

ずっとひとりでいましたが、三年ほどまえ、生まれたこの町ですごしたいと、ネネコさんのすまいの近くに、アトリエつきの家をたて、うつってきました。

そんなわけで、いっとき遠ざかっていたふたりでしたが、また子どものころのように、行ったりきたりがはじまったのです。ふたりで、映画《えいが》を見に行ったり、ピクニックに行ったり、レストランで食事《しょくじ》をしたり。ときには、口げんかになることもありましたが、さすがに、ぜっこうはしませんでした。

それは、つい一週間ほどまえのこと。

ふたりは、バスで近くのにぎやかな通りへ出かけ、とある店で、スカーフを買ったのでした。どちらもシルクで、ねだんもおなじ。色だけがちがっていて、ネネコさんはピンク、チャコさんはうすむらさきでした。それぞれえりもとにむすんで、かがみをのぞきこんでいると、店の人がネネコさんに向《む》かって、

「わかわかしくて、はなやいで、とてもよくおにあいです。」といいました。ついでチャコさんに、「じょうひんで、エレガントで、お人柄《ひとがら》にぴったり。」といいました。

とたんにネネコさんは、ぷんとふくれ、店を出たとたん、

「ひどいわ。チャコには、最高《さいこう》のほめことば、わたしには、月《つき》並《な》みなおせじ。」

と、かみつくようにいいました。

「そんなことで、はらを立てるなんて、ネネコって、あいかわらず子どもじみてるのね。」

チャコさんがわらいながらいいましたが、ネネコさんは、にこりともしませんでした。ふたりは、だまったまま、帰りのバスに乗《の》り、ものもいわずに、わかれたのでした。

つぎの日、チャコさんからの電話はなく、ネネコさんも知らんぷりをつづけていました。

そのつぎの日になると、ネネコさんは、さすがに気になりだしました。あのとき、チャコさんは、ネネコさんのことを「子どもじみてる。」といいましたが、たしかに自分のほうが、おとなげなかったと思いました。ネネコさんは、すぐにもあやまるつもりで、電話をかけましたが、だれも出てきませんでした。

それから、きょうまで、なんべん電話をかけたことでしょう。朝、昼、夜、チャコさんは、いつかけても、るすでした。

ネネコさんは、チャコさんの家にも行ってみました。ネネコさんの家から、ゆっくり歩いて十分ほどのところ。まわりに家はなく、雑木林《ぞうきばやし》にかこまれた、こぢんまりしたたてものです。

見ると、げんかんのとびらは、かたくとざされ、窓《まど》にはカーテンがかかり、アトリエにも、人のけはいはありません。入り口のポストをのぞいてみると、ゆうびんぶつでいっぱいになっています。

これまでもチャコさんは、旅行《りょこう》に出かけたり、てんらん会や、絵かきの集《あつ》まりに出たりして、家をあけることは、ちょいちょいありました。そんなときは、かならずネネコさんに声をかけていきました。

（こんどにかぎって……。よっぽど気にさわったのかしら。）

ソファーにかけたまま、ネネコさんは、あれこれ思いをめぐらしました。

（こんなに長いこと、なんにもいってこないなんて、いちどもなかったのに。急《きゅう》に体のぐあいが悪《わる》くなったのかしら。どこかの病院《びょういん》で、しゅじゅつでもしたのかも。もしかして、もしかして……。ああ、チャコ、わたしが悪《わる》かった……。）

ネネコさんの目から、なみだがこぼれました。ネネコさんは、両手《りょうて》で顔をおおうと、小さな子どものように、しゃくりあげましたが、そのうちソファーにもたれたまま、うたたねをはじめました。

それから、いっとき――。

6　サンド作りは、お手のもの

とつぜん、電話がなりました。

「ああ、チャコ!」

ネネコさんは、ソファーから立ちあがると、転《ころ》げるように走って、受話器《じゅわき》をとりあげました。

「もしもし、チャコ、あなた、いま、どこにいるの?」

すると、少し間をおいて、きこえてきたのは、男の人の声でした。

「やあ、ネネコさん、エイキチですが。」

「あら!」

ネネコさんは、大あわて。

エイキチさんは、なくなった夫《おっと》のゲンゾウさんのおさななじみで、となり町でクリーニング店をいとなんでいます。ちかごろはチャコさんのところへも、ご用聞きにきていました。

「そのチャコさんだけど、どうやら、入院《にゅういん》してるようだよ。ネネコさん、知ってた？」

「ぜんぜん知らないわ。どこの病院《びょういん》？」

ネネコさんは、受話器《じゅわき》をにぎりしめ、耳をそばだてました。

「ふかみどり総合病院《そうごうびょういん》だよ。」

エイキチさんの話では、きょうの昼すぎ、入院《にゅういん》している親類《しんるい》を見舞《みま》いに、ふかみどり病院《びょういん》へ出かけたところ、しばふのにわをサングラスをかけて歩く、チャコさんのすがたを見かけたということでした。

「まあ、チャコが、サングラス？」

「ああ、かんごしさんがつきそってね。にこにこしながら、しゃべっていたようだった。声をかけたかったんだけど、だいぶはなれていたし、こっちもつれがいたんでね。そのまま、帰ってきちゃった。」

「まあ。それは、それは。」

そこでネネコさんは、チャコさんとのいきさつをエイキチさんに話したあと、

「知らせてくれて、ありがとう。わたし、これからお見舞《みま》いにいってくるわ。」

早口でいいました。

「見舞《みま》いなら、あすにしたら。いまからじゃおそすぎると思うよ。」

電話のむこうで、エイキチさんがいいました。

「おそい？」

ネネコさんが時計を見あげると、もう四時をすぎていました。なんと一時間あまりソファーでねむっていたようです。

「それもそうね。お見舞《みま》いは、あしたにします。エイキチさん、どうもありがとう。」

電話を切ると、ネネコさんは、電話の前で、おじぎをしました。

(サングラスをかけてたっていうけど、目をどうかしたのかしら。でも、自分で歩いていたっていうから、そうひどくはなさそうね。)

チャコさんのいどころが知れたうれしさに、ネネコさんは、急《きゅう》に元気が出てきました。

「よかった、チャコ、ぶじでいたのね。」

思わず声に出していうと、ネネコさんは、ソファーにねころがり、手足をばたばたさせました。子どものころ、うれしいことがあると、よくやったポーズでした。

7 玉子サンドに花たばそえて

つぎの朝、ネネコさんは、いつもより早く起《お》きて、サンドイッチ作りにかかりました。お見舞《みま》いに、玉子サンドを作って持《も》っていこうというのです。

チャコさんは、つねづねネネコさん手作りのサンドイッチ、とりわけ玉子のそれが大好物《だいこうぶつ》でした。

玉子をゆで、からをむいて、白身《しろみ》と黄身《きみ》にわけ、きざんだ白《しろ》身《み》とつぶした黄身《きみ》をまぜあわせ、マヨネーズと塩《しお》とコショウであじをつけ、こねこねのできあがり。こねこねと名づけたのは、子どものころのウミタロウくんで、ネネコさんのかたわらで、黄身《きみ》と白身《しろみ》をこねくりまわし、ぺろぺろなめていました。

いまもネネコさんは、しゃもじの先にこねこねをちょっぴりのせて、自分の口に入れると、

「うん、上等《じょうとう》、上等《じょうとう》。」

といって、うなずきました。

つづいて、うす切りのパンに、バターをうすくのばして、ぬり、ぬり。こねこねをのせてはさみ、

「うん、これでよし、と！」

パンの耳を切りおとし、さらにひと口サイズに切りわけて、できあがりました。

いつだったか、ネネコさんがチャコさんのところでテレビを見ていたら、オークホテルの有名《ゆうめい》シェフが、サンドイッチを作っていました。

玉子サンドもありました。シェフは、バター大さじ2とか、マヨネーズ大さじ1とか、細かく説明《せつめい》していました。

「まあ、たいへん。こんなめんどうなこと、わたしには、とてもできっこないわ。わたしは、いつだって目分量《めぶんりょう》だもの。」

ネネコさんが、あきれ顔でいいました。

「それでいいのよ。だから、ネネコのは、おいしいのよ。長年の経験《けいけん》とカンと、それになにより、あなたの愛情《あいじょう》がこもっているの。あいてにおいしく食べてもらいたいっていう……。」

そばで、チャコさんがいいました。

「まあ、チャコったら。」

ネネコさんは、うれしさのあまり、もう少しでなきだすところでした。

「チャコ、待《ま》っててね。もうすぐネネコとくせいの玉子サンドを持《も》っていきますから。」

ひとりごとをいいながら、玉子サンドを紙箱《かみばこ》の中へつめました。ほんとうは、ひときれつまみたかったのですが、チャコさんといっしょにと思いなおして、ぐっとこらえました。

ネネコさんは、よそゆきのブラウスにきかえると、ピンクのスカーフで、えりもとをかざりました。

あの日、チャコさんとわかれたあと、たんすの引き出しに、しまいこんだままだったのです。

家を出たネネコさんは、バス停《てい》の手前にある花屋《はなや》さんへ立ちより、ピンクとうすむらさきのスイートピーで、かわいい花たばをこしらえてもらいました。

大売り出し
SALE

チャコさんがいるという『ふかみどり病院《びょういん》』は、きょねんできたばかりの病院《びょういん》で、ネネコさんは、まだ見たことも、行ったこともありません。

バスに三十分ほど乗《の》って、『病院前《びょういんまえ》』でおりたつと、目の前に、しばふが広がり、そのむこうに、七階《かい》だての白い大きなたてものが見えました。ずらりとならんだ窓《まど》を見あげて、

「あの中のどこかに、チャコがいるのね。まるで、おしろにとじこめられた、かわいそうな王女さまのように……。」

ネネコさんが、ためいきをついたとき、

「ネネコ、ネネコじゃないの。」

耳もとで、だれかの声がしました。

「えっ？」

ふりむくと、そこには、大きなサングラスをかけ、うすむらさきのスカーフを首にまいた、チャコさんのすがたがありました。

「チャ、チャコ、あなた……。」

ネネコさんは、チャコさんにだきつくと、ぽろぽろ、なみだをこぼしました。

「どうしたの、ネネコ。あなたも、どこか悪《わる》いの？」

「なにいってるのよ。エイキチさんに、あなたをここで見かけたってきいて、大《おお》いそぎでお見舞《みま》いにきたんじゃないの。」

いいながら、ネネコさんは、持《も》ってきた花たばをチャコさんにさしだしました。

「ありがと。わたしたちの色だわね。」

チャコさんは、花びらにほおずりをしました。

「でも、わたし、たったいま、退院《たいいん》してきたところなの。これからタクシーで、うちへ帰ろうとしてたのよ。」

「まあ、そうだったの。」

あきれ顔のネネコさんに、

「ともかく、ちょっとすわって、話しましょうよ。」

チャコさんがいい、ふたりは、しばふのベンチにならんでこしをかけました。

チャコさんが話すには、ネネコさんとわかれた日のよく日、しんしつでころび、ベッドの角で、はげしく顔を打《う》ったそうです。おでこにはこぶ、まぶたには大きなあざができて、とても人前には出られない顔になってしまったというのです。

朝になるのを待《ま》って、チャコさんは、絵のお弟子《でし》さんのひとりに電話をして、『ふかみどり総合病院《そうごうびょういん》』に、入院《にゅういん》の手つづきをしてほしいとたのみました。お弟子《でし》さんのご主人《しゅじん》が、この病院《びょういん》の院長《いんちょう》だと、きいていたからです。チャコさんとしては、こしばらくのあいだは、お医者《いしゃ》さんのほかには、だれにも会わず、こもりきりですごそうと決《き》めたのでした。

　チャコさんがはいることになった病室《びょうしつ》は、七階《かい》のひとり部屋《べや》で、東南の角にあたり、大きな窓《まど》ごしに、まわりの景色《けしき》が遠くまで見わたせました。

「まあ、なんて、いいながめ。これは、絵になるわ。かかなくちゃ！」

　チャコさんは、たちまち大はしゃぎ。紙や絵《え》の具《ぐ》をとりよせて、さっそく写生《しゃせい》をはじめました。とりわけ空や雲の色の変《か》わりようは、かいてもかいてもあきることがなく、チャコさんは日がな一日、筆《ふで》を走らせました。

　それが、きのうになって、ふいにネネコさんのことを思い出したのです。

「ネネコったら、なぜ、顔を見せてくれないのかしら。いつものネネコなら、とんできてくれるはずなのに……。」

ぶつぶつつぶやいたあとで、とつぜんはっと気づきました。

「そういえば、ここにきてること、ネネコにまだ知らせてなかったんだ。あんまり急《きゅう》なできごとで、おまけに絵をかくことにむちゅうになって……。ああ、悪《わる》かった。ネネコ、ごめんなさい。」

チャコさんは、思わず手を合わせ、おじぎをしました。

すると、急《きゅう》に、ネネコさんの玉子サンドを思い出しました。なにが好《す》き、といって、ネネコさんお手製《てせい》の玉子サンドくらい、おいしいと思うものは、なかったからです。

（この病院《びょういん》の食事《しょくじ》は、まずくはないけど、ネネコの玉子サンドにまさるものはないわ。ああ、食べたい、食べたい。）

そう考えると、もう、絵どころでは、なくなってきました。

チャコさんは、そういうわけで、お医者《いしゃ》さんに、退院《たいいん》をねがいでて、ついさっき出てきたところだといいました。

「あいかわらずね、あなたって人は。」

ネネコさんは、なかばあきれながら、

「まにあってよかったわ。」

せなかのリュックから、サンドイッチの箱《はこ》をとりだしてみせました。

「まあ、これは、これは……。」

チャコさんは、さっそく手を出して、ひときれほおばり、つづいてもうひときれ、もぐもぐ、むしゃむしゃ。

あいまに、ネネコさんが持《も》ってきたミルクティーをのみ、いちどだけ、

「ありがとね、ネネコ。」

顔もあげずにいいましたが、あとはだまったままサンドイッチを口に運《はこ》びました。

最後《さいご》のひときれになったとき、ネネコさんがすかさず手をのばして、つかみとると、

「だめよ、それ、わたしが食べるんだから。」

チャコさんがあわてていいました。

「いいえ、これはわたしのなの。わたし、朝からなんにも食べてないんだから。」

ネネコさんは、のこるひときれを自分の口の中へ入れまし

た。

そのあと、ふたりはタクシーに乗《の》り、チャコさんの家に向《む》かいました。

8　いちどきに、みんなが会えた、つながった

ネネコさんとチャコさんがタクシーに乗《の》ったころ、リンちゃんとサンペイくんはつれだって、町の通りを歩いていました。

そう、お知らせがまだでしたが、このふたりは、いとこどうしでした。リンちゃんのお母さんと、サンペイくんのお母さんは、姉と妹のあいだがらだったのです。

サンペイくんのお母さんが赤ちゃんをうむために病院《びょういん》へ行ったので、ゆうべサンペイくんは、リンちゃんのうちにとめてもらったのでした。そのサンペイくんを送りがてら、リンちゃんがここまでついてきた、というわけです。

水曜日の午後、学校帰りのふたりは、そろって歩きながら、それぞれがおばあさんのことを考えていました。

リンちゃんのほうは、

（いいお天気だし、おばあさま、おさんぽ中じゃ、ないかしら。どこかで、ぱったり、会えるといいな。）

と、あちこち見まわしながら歩き――。サンペイくんはサンペイくんで、

（おばあちゃんのうちへよって、きのうの計算テスト見せたいな。おばあちゃん、なんていうかな。）

と、だんだん早足になってきました。

ゆくてに、おばあさんの家が見えだすと、サンペイくんは、ゆびさしながらいいました。

「あのおうち、ぼくの知ってるおばあちゃんがいるんだよ。ぼくに、計算教えてくれたの。」

「おばあちゃん？　どんなおばあちゃんなの？」

おばあちゃんときいて、リンちゃんは、思わずききかえしました。

「うん、おもしろくて、しんせつなおばあちゃん。はじめは、ちょっと、おっかなかったけどね。」

「大きい人？　それとも。」

「小《ち》っこいよ。でもね、お目々は、くりくり目玉なの。」

（もしかして！）

リンちゃんは、心のうちでさけびました。
（あのおばあさまに、ちがいなさそうね。きっと、きっと。）

おばあさんのうちの前までくると、サンペイくんがげんかんにかけより、とびらをノックしていいました。

「おばあちゃん、こんにちは。ぼく、サンペイです！」

すると、とびらが開《ひら》き、中から出てきたのは、たくましい体つきの大きな男の人でした。

「あ……。」

サンペイくんは、声をあげ、それから、

「おばあちゃんは？」

と、えんりょがちにたずねました。

「おばあちゃん？　ああ、おふくろか。」

男の人は、にこっとしました。

「それが、るすのようだよ。ぼくもさっき帰ってきたとこなんだけど、テーブルの上にパンの耳やら玉子のからがちらかっていたところを見ると、ゆき先は、近くじゃないかな。よかったら、あがって、ここで待《ま》っててなさいよ。」

男の人は、ふたりを居間《いま》へあんないし、れいぞうこからリンゴジュースを出してきて、もてなしてくれました。

サンペイくんは、テーブルの上の地球儀《ちきゅうぎ》を見つけ、ぐるぐる回しながら、男の人に向《む》けて、あれやこれやしつもんをはじめました。

リンちゃんは、たなの上におかれた、写真立《しゃしんた》てに見入りました。お父さんらしい男の人とお母さんらしい女の人、そのあいだに立つ小さな男の子。どうやら親子三人の写真《しゃしん》のようです。

近くによってひとりひとりに目をこらすと、お母さんの顔が、あのおばあさんにそっくりに見えてきました。いまよりもふっくらしていますが、大きく見ひらいた丸い目は、たしかにおばあさんに、まちがいなさそう。そばに立つ小さな男の子は、いまここにいる、のっぽのおじさんでしょうか。
リンちゃんが、写真立《しゃしんた》てを手にとり、うらを返《かえ》してみると、
子どもの字らしいかたかなで、ゲンゾウ、ネネコ、ウミタロウ
と書かれていました。
（ネネコ、おばあさまは、ネネコさん！）

リンちゃんが、写真《しゃしん》をもとのたなの上にもどしたとき、げんかんのとびらがあいて、ネネコさんが入ってきました。

「ただいま、母さん！」

ウミタロウくんが近よっていって、ネネコさんをだきしめました。

「まあ、おまえ、帰ってきたんだね。おかえり、おかえり！」

「母さんも、元気そうだね。どこかへ出かけてたの？」

「ああ、チャコが入院《にゅういん》しててね。きょう、退院《たいいん》することになって、いっしょに帰ってきたんだよ。」

「へえ、チャコおばちゃん、病気《びょうき》だったの？」

「病気《びょうき》じゃないけど、ころんで、おでこや目のまわりに、大きなあざを作っちゃったんだよ。これじゃ、人前には出られないっていうんでね。とりあえず、うちにある食べものをとどけてあげようと、いそいで帰ってきたんだよ。」

ネネコさんは、いっきにしゃべると、ほっと息《いき》をつき、そばのいすにすわりました。ウミタロウくんのすぐうしろに、サンペイくんとリンちゃんがいることに、まだ気がついていません。

「それなら母さん、ぼくが行ってくるよ。チャコおばちゃんとは、しばらく会ってないし、お見舞《みま》いがてら、ひとっぱしり……。」

「そうしてくれるかい。たのんだよ。台所《だいどころ》にトマトやバナナ、かんづめもあるし、れいぞうこには、チーズやハムがあるから。」

「はい。わかりました。それより母さん、さっきから、お客《きゃく》さまがお待《ま》ちかねだよ。」

「わたしにお客《きゃく》さま?」

ネネコさんがあたりを見まわしたとき、テーブルのかげから、サンペイくんがとびだしてきました。

「こんにちは、おばあちゃん、これ見て、これ見て!」

ポケットから、しわくちゃの紙をとりだして見せました。

「おや、計算のテストだね。９点！　９点とったね。」

ネネコさんにいわれ、サンペイくんは、にこにこしてうなずきました。

「うん、おばあちゃんに教わったとおりにしたら、いい点がとれたんだ。ありがとね。」

そこへウミタロウくんが大きなふくろを手に、台所《だいどころ》から出てきました。

「じゃあ行ってくるよ、母さん。」

「ああ、たのみましたよ。ごくろうさん。」

ネネコさんが立ちあがって手をふりました。と、

「おじゃましてます。おばあさま、ネネコさん！」

とつぜん、すがたを見せたのは、リンちゃんでした。

「あ、あなた、おじょうちゃん、どうしてここに？」

ネネコさんは、目をぱちぱちさせながら、近よりました。

「あなたに会いたくて、外へ出るたびにきょろきょろしてたのよ。」

いいながら、リンちゃんの手をとりました。

「わたしもです、おばあさま。サンペイくんのおかげで、やっとお会いできました。」

「サンペイくん？」

ネネコさんが、サンペイくんの顔を見ました。

「そうだよ。あのね、リンちゃんとぼく、いとこどうしなの。」

「まあ、そうだったのね。あなたはリンちゃん、リンちゃんなのね。」

「はい、そうです。おばあさまは、ネネコさんですね。」

「そのとおりよ。もうこれからは、ネネコさんとよんでくださいな。」

「はい、ネネコさん。」

「リンちゃん。」

ふたりは、にっこりして、うなずきあいました。

すると、サンペイくんが、

「ぼく、ロクスケとあそぶやくそくしてるんだ。先に、帰ってもいい？」

リンちゃんにききました。

「いいわよ。」

リンちゃんが答えると、

「あ、そうそう。おばあちゃん。ロクスケもテスト9点だったよ。ぼく、おばあちゃんに教わったこと、ロクスケにも教えてあげたの。」

「そりゃ、よかった。ふたりとも、がんばったね。」

ネネコさんが、サンペイくんの頭をなでていいました。

サンペイくんが出ていったあと、うちの中は、ネネコさんとリンちゃんのふたりだけになりました。

ふたりは、テーブルをはさんで、向《む》かいあってすわりました。

ネネコさんは、ミルクティーをいれようと立ちあがりかけましたが、

「そのまえに、ぜひきいていただきたいことが……。」

リンちゃんが、ちょっと口ごもりながらいいました。

「いいですとも。うかがいますよ。」

ネネコさんは、ほほえみかけながら、おだやかな口ぶりでいいました。きょうのリンちゃんは、ひどくきんちょうしているように見えたのです。

リンちゃんは、学校でおしばいをやることになったいきさつを話しはじめました。ややうつむきかげんで、低《ひく》い声でした。

それでも話は少し進《すす》んで、リンちゃんがゆめの中で、まじょと空をとぶところまでくると、

「ちょっと待《ま》って。そのまじょって、もしかしてモデルは、このわたし？」

ネネコさんが、いきなりきいてきました。

リンちゃんは、思わず目をつぶり、

「そのとおりです。ネネコさん。」

きえいるような声でいいました。

「それで、その先は？」

リンちゃんは、かくごを決《き》めました。

「はい、まじょは空をとぶうちに、いねむりをして、ホウキを手ばなします。まじょも地面《じめん》に落《お》ち、ホウキを見つけようと、あちこちさがしまわります。」

「なんて、おっちょこちょいなまじょ。わたしにそっくりね。」

ネネコさんは、くすくすわらうと、いいました。

「それで、ホウキは見つかったの？」

「知り合いたちが、いっしょになってさがしてくれますが、見つかりません。そのはずで、ホウキは、まじょのうちのにわに落《お》ちていました。それも木かげにつるしたハンモックの上で、ひるねをしていたんです。」

「まあ、それは、ゆかい、ゆかい。じつはわたしもあつくなると、にわのハンモックで、よくひるねをするのよ。すてきじゃないの、その幕《まく》ぎれ！」

ネネコさんが、ぱちぱち、はくしゅをしました。

リンちゃんは、やっと顔をあげました。ネネコさんの丸い目が、わらいかけているようです。

「おばあさま、ネネコさん！」

リンちゃんは、むねがいっぱいになり、そのあとにことばを
つづけることができませんでした。

「上出来ですよ。モデルとしても、いうことなしよ。」

「そのまじょには、テーマソングもあるんです。タイトルは『負《ま》けてたまるか』。」

「あら、まあ、ぜひとも、きいてみたいわ。」

「いま、作曲中《さっきょくちゅう》なので、できあがったら、おきかせします。」

「待《ま》ってますよ。では、リンちゃん、これからティータイムといきましょう。おいしいミルクティーをいれますよ。」

「はい、わたしもお手つだいします。ネネコさん。」

ふたりは、手をとりあって台所《だいどころ》へ向《む》かいました。

作●森山《もりやま》 京《みやこ》

作家。『こりすが五ひき』で講談社児童文学新人賞佳作入選。その後、「きつねの子」シリーズ（あかね書房）で路傍の石幼少年文学賞、『あしたもよかった』（小峰書店）で小学館文学賞、『まねやのオイラ 旅ねこ道中』（講談社）で野間児童文芸賞、『パンやのくまちゃん』（あかね書房）でひろすけ童話賞、『ハナと寺子屋のなかまたち 三八塾ものがたり』（理論社）で赤い鳥文学賞を受賞。他に『おとうとねずみチロのはなし』『一さつの おくりもの』『りんごの花がさいていた』（以上、講談社）、「もりやまみやこ童話選」（全5巻・ポプラ社）など多数。神奈川県在住。

絵●野《の》見《み》山《やま》響《きょう》子《こ》

画家。東京農業大学応用生物科学部バイオサイエンス学科卒。ゴム版画によるイラストレーションを制作している。挿絵に、「ミストマントルクロニクル」シリーズ（著／マージ・マカリスター、訳／高橋 啓ほか、小学館）、『アヤカシさん』（作／富安陽子、福音館書店）などがある。埼玉県在住。

装丁●田中久子

シリーズマーク●いがらし みきお

わくわくライブラリー
リンちゃんとネネコさん
2017年7月25日　第1刷発行

作　森山《もりやま》 京《みやこ》
絵　野《の》見《み》山《やま》響《きょう》子《こ》

発行者　鈴木　哲
発行所　株式会社　講談社
〒112-8001　東京都文京区音羽2-12-21
電話　編集　03(5395)3535
販売　03(5395)3625
業務　03(5395)3615
印刷所　共同印刷株式会社
製本所　島田製本株式会社
本文データ制作　脇田明日香
N.D.C.913　126p　22cm　ISBN978-4-06-195785-5

小学初級から読める！　森山京の創作童話

一《いっ》さつの　おくりもの

森山京・作　鴨下潤・絵

いちばんすきなものを、ともだちにあげられる？

クマタは、『かいがらのおくりもの』というえほんが大すきです。一日に一どは、かならず手にとります。えほんの中の、キツネの子とほんとうのともだちになった気がするほどです。でも、ある日、クマタはえほんをおくるけっしんをしたのでした……。

りんごの花がさいていた

森山京・作　篠崎三朗・絵

「さあ、かあさん、ふたりで　いこう。」

サブロが、かあさんのかたみにえらんだのは、がんじょうな木のふるいすでした。かあさんは、いつもこのいすにすわって、サブロのかえりをまっていてくれました。せなかにしょってあるきだすと、いすがかあさんのようにおもえてきます。